한복선의 음식 시집 2

조반은 드셨수

글 | 그림 해정海鼎 한복선韓福善

1949년 서울 돈암동 출생.
궁중음식의 대가인 고 황혜성 교수의 둘째딸로
식품영양학, 외식경영학, 약선음식을 공부했다.
중요무형문화재 제38호 '조선왕조 궁중음식' 이수자,
(주)대복 회장, 한복선식문화연구원장, 시인, 미식작가다.
저서로 시집 『밥 하는 여자』,
음식책 『엄마의 밥상』『우리 음식』『우리 몸엔 죽이 좋다』
『기운나는 보양식』『세계인을 위한 한국 음식』
『명절 음식』 등이 있다.

E-mail: hanboksun@hotmail.com

차 례

1부 • • •

조반은 드셨수

조선시대 조리를 위한 기본 강령 • 12
규아상 • 13
궁중음식 낙선재로 돌아오다 • 14
연꽃 향 • 16
물밥 • 17
조반은 드셨수 • 18
전복죽 • 20
갱죽 • 21
타락죽 • 22
생명의 약밥 • 23
가랑비 콩국수 • 24
여자 밥상 • 26
부엌 미사 • 27
양념과 물감 • 28
옹기 • 29
봄 곰취 • 30
개두릅 • 31
가지나물 • 32
냉잇국에 다섯 나비 • 33
설날엔 떡국 • 34

2부 • • •

젊음 겉절이

초파일 머위나물 • 38
작은 봄새 두릅 • 39
서리 내린 애쑥 • 40
숙(熟) 깍두기 • 41
미나리강회 • 42
두텁떡 • 43
젊음 겉절이 • 44
꽃게장 • 45
병어 • 46
게감정 • 48
먹을 만한 붕어찜 • 50
새우젓 • 52
조개젓 • 53
명태의 변신 • 54
썩어도 준치 • 56
준치 새 • 57
근대된장국 • 58
청국장 • 60
염소탕 시래기 • 61
육개장 • 62

3부 · · ·

아버지 딸기

딸기코 아버지 • 66
게국지 • 68
추수와 자식 • 69
주방문(酒房門) • 70
시(詩) 속에 총명탕(聰明湯) • 72
설렁탕 • 73
갈비찜 • 74
제호탕(醍醐湯) • 75
백비탕 • 76
깨진 그릇 • 77
야밤의 공부 • 78
손주 사과 • 80
포도 자식 • 81
눈물의 삼겹살 • 82
아버지 딸기 • 83
젯날 • 84
대추 • 86
마늘쫑 • 88
복숭아나무 • 89
내연의 MSG • 90

4부 · · ·

뜸 들이다

기미(氣味) • 94
부푼 달걀찜 • 96
남기는 음식 • 97
뜸 들이다 • 98
매운맛 • 99
접시 대접 • 100
화양적(華陽炙) • 101
칠월칠석 공양 • 102
유월 유두 밀적 • 103
생란 • 104
쇠머리떡 • 106
검은 깨고물 • 107
밭고랑 • 108
음식 뒷걸음 • 109
수저의 통과의례 • 110
구절판이 낙엽 되며 • 111
마마 상추쌈 • 112
식(食)의 속죄 • 114
술술술 • 115
대보름 • 116

1부
조반은 드셨수

조선시대 조리를 위한 기본 강령

주식방(고대 규곤요람(閨壼要覽)*)에

대체로 술에는 누룩이 으뜸이요 음식에는 장이 으뜸이다

누룩과 장을 부디 제때에 만들어 두고 음식은 양념을 갖춰야 한다

참기름과 초를 잘 담아 두고 후추 초 생강 천초 고추 겨자 마늘 파

표고 석이 참버섯 청각 녹말 밀가루 계란 같은 것을 모아 둔다

음식은 정한 법이 없이 조화를 부려서
짐작으로 하는 것이다

참으로 옳은 말씀이다
음식은 예술이니 규격 없는 서로의 어울림이다
마음을 담은 진실함이 나를 움직여야 한다

* 1800년대 쓰여진 저자 미상의 조리서. 음식의 종류가 8종이고 술이 27종으로 부제목이 주식방이다.

규아상

임금님 수라상 주칠 원반에 규아상 만두
창덕궁 돌담 담쟁이 잎에 싸여 오백 년 조선왕조
아득한 정적
비원(秘苑)의 여름을 본다
오이채 넉넉히 넣고 해삼 모양으로 빚은 미만두
얇은 모시옷 입은 듯 포르스름 여름 하늘 비치고
향그러운 오이꽃 향 솔솔 분다

궁중음식 낙선재로 돌아오다

주렁이는 주홍감이 휘어진 따가운 청명한 가을
창덕궁에 낙선재 석복헌 수강재에 잔치가 열렸다
대한제국 일가가 삶의 마지막을 보낸 곳
설움이 가득한 마당은 흙먼지로 뽀얗다
옥빛 저고리에 남빛 치마 받쳐 입고
흰빛 앞치마 두른 고은 자태 옛 궁녀
임금님 수라상엔 각 고을에서 올라온
봄의 오신채 여름엔 깻국탕 가을엔 국화주 겨울엔 납평전골
수라상궁 정성껏 만들어 기미상궁 기미하시고
"마마 수라 젓수십시오"
곱게 궁중 말솜씨로 아뢰면 밥상에서 백성의 살림을 살피시고
높이 고인 잔칫상엔 신하와 함께 나라를 다스리신다

잔치는 끝나고 모두 하늘로 집으로 돌아가고
궁궐은 적막의 깜깜한 밤 고목은 역사를 먹고

묵묵하게

야옹야옹 동네 들고양이와 우리 고양이도 창덕궁
담 넘어가

내일 아침 다시 뜰 오늘을 기다린다

수천 년 시간은 흐르고 궁중음식은 무형유산

왕실살림이 높은 문화 되어 하늘에 오른다

연꽃 향

펼쳐진 연꽃 못은 한여름에나 보여지려나
냉랭한 두물머리 물바람이 찬 세미원
아직 추워 숭숭이는 연뿌리 달랑이는 연밥
죽은 듯 까맣게 기다리고 있다
손톱만 한 순채가 활짝 넓은 초록잎으로 펼쳐지고
속이 텅 빈 줄기에 심청이 분홍 꽃봉오리 피우면
그날 다시 오련다
하얀 물새들이 봄 속에서 활짝 날개 펴고 높이 오른다
서울역 남대문 일대가 연꽃밭 온 서울이 연꽃 향
작년에 심은 내 고향집 연꽃 올해는 더 고운 꽃 피우고
고요의 꽃 향이 가득하리다

물밥

운명의 날 남북이 갈라진 휴전의 날 1953년 7월 27일 한여름 대서 중복 때 축축한 대기 속에 비장함으로 숲 속에 내리는 장마 빗소리는 전쟁의 폭포수 같다 육십 년 전 빨간 산이 무성한 초록 숲이 됐다 아픈 오늘 죽 한 사발 끓여 먹으며 어머니의 말씀이 들려온다 언니를 끼고 나를 업고 우마차에 태우기도 하며 자전거를 뒤따라 뛰어가며 논바닥에 흩어진 솜이불 뜯어 기저귀를 갈아 주며 숟갈만 차고 있으면 굶지는 않는다는 절규 그 전쟁통 안 나오는 어머니의 젓줄을 빨아 대던 나 얼마간 어머닌 밤이면 눈이 안 보이셨단다

사람을 살리는 어머니의 젖은 어디서 샘솟았나
뽀얀 물밥이 지금도 삼팔선을 흐르고 있다

조반은 드셨수

마마 은주발에 수라상
새옹 곱돌솥에 백탄 때서 지으니 잣죽 끓는 듯 고소한 냄새
기미상궁 "마마 수라 젓수십시오"
둥근 해 빨간 수라상에 12첩 반상 드시고 백성을 이끄신다

아버님 독상차림
유기주발에 가마솥 솔가지 때어 지은 밥
국 김치 반찬 고루 갖춰 3, 5, 7, 9첩 형편 따라
진지상 올려 힘나게 드시고 평생 식구를 키우신다

우리 어머니는 아픈 아기에게
어미 입에 밥 잘근잘근 씹어 먹이시며
밥 먹어야 힘 난다며 평생 부엌에서 사셨다
어머니 돌아가시기 전에도
막내 아들 보며 "조반은 드셨수"
한낮인데 아침밥 걱정이다

전복죽

바다에 가자
울산바위 끼고 미시령 넘어 속초
할매가 벗어 둔 평생 바다땀으로 절은 까만 껍질 쓰고
하늘이 넘치는 바닷속 전복 캐서
달궈진 솥에 참기름 두르고 도톰히 썬 전복살, 씻은 쌀 볶다가
넉넉한 물 붓고 폭 끓인 고소한 보양 전복죽
신경통 팔다리 흔들며 밑으로 밑으로
빛난 불로장수 캐는 바닷속 용궁의 늙은 해녀
자식 먹이를 찬 바닷속에서 건져 올린 그녀
그 어머니께 전복죽 먼저 올리자
소금간은 하지 마라 눈물이 간이다

갱죽

김칫국말이밥을 좀더 끓이면 갱죽 갱시기
수제비 감자 등을 넣으면 풀떼기다
한밤 꿈에 시달려
어제 끓여 둔 콩나물김칫국 뚝배기에 담고
밥 한 덩이 넣고 바글바글 끓인 죽
꿈속 전쟁 후 민둥산 붉은 산을 헤매고 먹었더니
몸이 삭아지며 헛땀이 난다
푹푹 끓여 흐드러진 양은냄비 시큼한 죽
전쟁 후 나무 없는 붉은 흙산
가난의 그늘이 끓고 있다

새벽에 큰 비 그치고 나니 창 넘어 앞산 푸른 숲 속에서
아카시아 향기 날리며 새들이 시끄럽게 바쁘다
무어라 하는지 철없이 좋은가 보다
붉은 벌거숭이 산을 모르는 새들
헐벗던 조상 새들의 눈물 속에서 풍요롭다

타락죽

뽀얀 우유죽 동짓날 마마께서
기로대신에게 하사하신 보양식
쌀가루에 우유 넣어 눌치 않게 저어 갈쭉하게
끓여 낸 죽 꿀맛 넣으니 천하의 일미디
송아지의 엄마 젖이 가나안 젖과 꿀로 흐르고
울 아기도 살찌우게 하는 영혼이 녹아 있는 물
아프고 아프고 싶다
애기처럼 매끄러운 우유죽 먹여 주면
다 잊을 것 같다

생명의 약밥

검은색에 꿀 넣은
달달한 약이 되는 약밥
신라 소지왕 때 갸악갸악
구중궁궐 왕의 생명을 구했다
까마귀에게 보은하는 밥
대보름 달빛 아래 달집 불
훨훨 액살을 태우고 풍년 빌며
농악대가 삐리삐리 동네를 돈다
온 천지가 봄기운 생명을 부르는 때
집집이 찹쌀 고두밥 지어
보석 같은 대추살 황률 잣 넣고
꿀 참기름 진장 버무려
질밥 통에 오랜 시간 중탕한
가무스름 달달한 약밥
떡판에 네모반듯 칼로 썰어
쌀알이 잘리는 모양새
참으로 큰 생명 자른다구
어머닌 동글동글 만드셨다

가랑비 콩국수

더운 여름날 시골 어머니
고소하고 찬 콩국수
뚱뚱한 몸에 모시적삼 땀에 들러붙는다

불린 콩 슬쩍 삶아, 콩 껍질 비벼 벗겨,
둘러 둘러 멧돌구멍에 콩, 물 넣고
어처구니 돌려 돌려 보들 보들 곱게 갈아
뽀얗게 진한 콩국 얼음장처럼 차게 두고
누르스름 유월 유두 햇밀가루 반죽해서 안반에
번가루 훌훌 뿌리고 넓게 홍두깨로 펴서 착착 썰어,
솥단지 끓는 물에 훌훌 떨어 넣고 삶아 건져,
풀기 없이 비벼 씻어 사리 지어 채반에
큰 대접 하얀 국수사리, 초록 오이채, 저며 썬
빨간 일년감,
노란 삶은 달걀, 검정깨 얹어 뽀얀 시린 콩국 부면
놋 반병두리 소름인다
오색 우주꽃 담은 오래전 하얀 콩국
시린 가슴속 가랑비 후두룩 떨어져

어머니 풀 먹인 모시적삼 젖내 난다

여자 밥상

1971년 겨울 시집 가서 불 때던 부엌 가마솥 밥
매운 연기 속에 솥뚜껑에서 귀한 밥물 눈물처럼 흐르고
곁 화롯불에 새색시 석쇠에 김 굽고
어머니 큰 밥주걱 물에 적셔 부뚜막에 올라서 노할머니 아버님 순서로
놋주발에 뜨거운 밥 살살 퍼 담는다
안방 아버님 독상에 신랑이 겸상하고
다 드신 후 노할머니 시어머니 며느리
삼 세대 그 상에서 밥 먹었다
노할머니 밥그릇 방바닥에 내려 잡숫고
맛있는 반찬 아래로 내려놓으신다
그 옛날 여자는 부뚜막 방바닥에서 찬 없이 밥 먹었다
신식 며느리 들어와 얼마 후
남자 둘 여자 셋 두리반의 개혁이 일어났다

부엌 미사

민들레 수녀님 새벽 세 시 기도하시고
오늘은 무얼 만드세요
삼십 년 전 음식으로 만난 인연 사모의 마음
살포시 당신 손 잡아 봤어요
부엌 콩쥐의 거친 손에 무릎 꿇습니다

정성 들여 졸여진 곱고 달콤한 하밀감잼
예쁘게 포장해 주신 수녀 엄마 선물
따끈한 빵에 발라 먹으면
절로 입이 경건해지고 조심스럽네요
쏟아지는 눈부신 생명의 빛
한없이 맑은 솔 향기 사랑
당신의 하얀 앞치마로
나를 덮고 싶습니다

양념과 물감

봄 여름 가을 겨울 산천에 천기가 움직인다
생명은 저마다 기운이 돌며 먹거리 놀거리
천상에 조상들이 살던 이곳에 목단꽃이 눈부시다
그녀는 묵묵히 화선지 속에 모란꽃을 피운다
어떤 민중예술가의 혼이 담긴 모란도 병풍 속에서
도화사도 되고 궁중 반가 규수방에 부귀영화도 누려 본다
음식을 다하고 설거지를 하듯 달각이며 물감 접시 물대접을 씻고
물감 붓을 씻으며 흘러내리는 아롱다롱 색을 본다
달고 맵고 짜고 새콤하고 쌉싸름한 오미의 양념이
음식에 들어 맛을 내어 생명 주고 빨강 파랑 노랑 하양 검정 오색들이
영화로움의 모란꽃을 확 피웠다
활짝 핀 하들한 모란꽃 다 흩나리며 피고 져도
병풍 속 그림 되어 길게 예술로 간다

옹기

숨 쉬는 그릇
큰 독 작은 독 양념단지 뚝배기 약탕기 화분
투박하다 넉넉함 볼수록 쓸수록 보물이다
찰흙 반죽해 참나무불 낮은 온도에서 구운 회색빛 질그릇
떡찔 때 질시루, 따끈한 밥 퍼 담아 쉬 상하지 않게 하고
약밥 중탕하던 질밥통, 흙 속에 묻어 둔 김장독,
햇볕 좋은 장고에 장 항아리, 간장 된장 고추장 새우젓 멸치젓 황석어젓
잘 익어 곰삭인다
항아리집은 편안하다

남산 오르는 가파른 길
미군부대 담 옆 그림같이 쌓아 둔 오래된 옹기점
항아리뚜껑 약탕기 자배기 거기 다 있다 캔디 담았다는 요강도
무형문화재 제 96호가 옹기장이다

봄 곰취

오월의 깊은 산속 숲 속의 늦은 봄
비릿하며 풋풋하다
연두 애벌레 날개 달고 초록나비 되어 날려 한다
곰이 좋아한다는 산나물 곰취
그늘지고 습한 곳에 연두 아기 손바닥
촉촉한 푸른 맛 한입 물면 쌉쌀하며 정갈한 숲 속 맛
오래도록 입안이 봄이다

연한 취 씻어 건져 바구리에 담고
미작지근 맛난 밥 노르스름 햇된장
한 쌈 한 쌈 봄날이 잘도 넘어간다
때 지나 질기면 데쳐서 쌈 싸 먹고
된장 참기름에 조물조물 무친 취나물
초간장 곰취장아찌
데쳐 말려 묵나물 대보름의 보물이다

개두릅

키 큰 나무에 가시 도깨비 방망이
문 앞에 걸어 두어 귀신을 막는다
매해 이른 봄 빛나게 피어
바지런한 아침이슬에서 만나는
서러운 개두릅
엄나무 자식이다

연한 순 씻어 건져
살짝 데쳐 설컹 짜서
된장 참기름 깨소금 저분저분 탈탈 털며
구수하고 간간하게 무친 엄나무순나물
봄날에 쌉쓰름이 입맛을 더한다

봄의 여신 부활절
아픈 가시와 핏빛 물든 개두릅이
들판 산속에 다시 피었다

가지나물

하늘의 햇빛 달빛 별빛 이슬 눈물 먹고 자라
줄기 꽃 열매 모두 슬픈 보라다
무당벌레 달팽이 휘감는 바람에 시달린 자국
지주대에 의지하며 꼬부진 가지로 잘 살았다

폭 쪄서 뜨거울 때 손에 찬물 발라 가며
길쭉 투박히 찢어 조선간장 참기름 깨소금 넣고
조물조물
온기 있고 구수한 몰랑한 가지나물

수수하고 항상 감사의 마음으로 사는 친구와
양푼에 가지나물 가득 무치면서
간 맞았나 서로 먹여 주며 이러다 다 먹겠다
우정의 웃음이 길게 행복하다
빛바랜 편안한 옷 입은 오랜 친구 맛이다

냉잇국에 다섯 나비

봄이 왔다
흙냄새 가득 봄기운의 생명이 순리로 온다
팔랑이는 봄나비가 기찻길 뚝방을 허둥이고
시골장에 쭈그린 할머니는 자기 닮은 삐뚤린 손가락 마디
굵은 냉이뿌리 종일 다듬고 다듬어 가며 한 소쿠리 이천 원
생계의 노동 시간 값은 없다

모시조개 넣은 된장국
조개가 봄나비 날개 펴서 똑같이 다섯 마리씩 앉는다
어머닌 우리 형제 항상 똑같이 배급을 주셨다
하얀 좁쌀알 냉이꽃이 가득했던 우리 집 뒷마당

설날엔 떡국

떡가래가 새 희망으로 쑥쑥 길게 나옵니다
떡가루 고수레하려 두손 모아 부비면서 복된 해 되길 빌고 빌어요
춥고 덥고 조상따라 매해 한 살씩 더 먹으며 이 땅에 살아 온 우리
처녀 총각 시간 없어 시집 장가 못 갔다구 하지 마세요
디딜방아 찧을 때 손 들어갈 시간은 있다고 하잖어요

느티나무 안반에서 떡메로 친 떡덩어리
둥굴고 길게 비벼서 돈짝 모양으로
썰어 둔 떡국떡 가마솥 양지머리 국물에 펄펄 끓네요
어머니 집장으로 간 맞춘 통통 불어난 놋주발에 병탕
잘 익은 배추김치 설날 떡국상에 오릅니다
한국인 모두가 설날엔 돈을 먹어 부자네요

2부
젊음 겉절이

초파일 머위나물

무명초 머리칼이 내 마음을 어둡히니
삭발하여 밝은 나를 찾는 날
찰밥 미역국 별식의 공양
마음 밝히는 연등이 오색으로 걸리고
한낮 내리쬐는 햇볕 아래 그림자 연등
초록 풀 위에 낮은 참 나를 그린다

봄날 쌉싸름한 머위나물 불가의 공양
연한 머위 데친 뜨거운 물 찬물 섞어 버리면
수채의 미물
살생을 아니하고
파 마늘 아니 넣고 된장 참기름으로 무친
성남이 없는 머위나물
합장하며
그 뜻을 알 것도 같다

작은 봄새 두릅

신비한 굵은 엄지 닮은 산두릅
두릅나무 어린 새순, 날 때부터 발목엔 가시 돋고
윤기 난 초록 새털 산 속의 작은 봄새

한 점 새파랗게 데쳐 초고추장에 찍어 먹는 두릅회
쌉쓰름하고 봄새 깨물듯 슬픔이 오독인다
살짝 데쳐 풀물 쑤어 삼삼하게 익힌 두릅물김치
연못에 봄 물새 된 두릅 수저로 낚고
꼬치에 꿰어 산적이나 달걀 입힌 고수한 누름적
봄 시절의 맛 멋으로 즐기면
살아 있는 두릅에 뜨거움이 미안하고
때 아닌 때 쓰자고 물에 잠궈 냉동해 두면
추운 것이 마음에 걸린다

나이 들어 음식을 할 때면 어디선가
생명 울부짖는 소리가 난다

서리 내린 애쑥

한국 땅 태초부터 이른 봄
애쑥이 그늘진 돌담 밑에 얼려 얼려 뭉텅 퍼져
있다
녹색 잎 반짝, 뒷면은 하얀 솜털 난 애쑥
머리에 서리 내린 오십 세 애년(艾年)
덖어 말린 깊은 쑥 향처럼 늙음의 철듦이 좀은
보인다

쑥떡 해 먹자 논둑 밭둑에서 쑥떡쑥떡
흰 눈 떡가루 체 구멍에 내려 어린쑥 넣고
버물 버물 헐렁한 여유로움으로 쪄 내면 쑥버무리,
두들긴 쫄깃한 떡덩이 동글납작 밀어 팥소 넣고
종재기로 뜨니 상현달 바람떡 비취개피떡,
콩고물에 쑥인절미
삼월 삼진 떡 타령이다

숙(熟) 깍두기

깍둑 깍둑 썰어 깍두기
송송 썰어 송송이
순종마마 치아 약해 정성 올린 수라상에
마음 다한 익힌 송송이 은 보시기에 담겼다
단단한 무 자실 수 없어
맛난 무 송송 썰어 고기처럼 몰캉하게 삶아
파 마늘 새우젓 고춧가루 넣어 약이 되라 양념(藥念)하니
효도의 마음 큰 약선(藥膳)이다
음식의 베풂음은 큰 공덕 조용한 착한 마음

미나리강회

쪽두리 쓴 새색시 물 아래 햇볕 받고
연하게 자라서 착하게 봄날에 시집간다
파랗게 상큼히 데친 미나리
황백지단 편육 빨간 고추로 오색 쪽두리
눈물을 돌돌 돌린다
봄비는 친정에 지난해 또 지난해에도
다녀왔는데 나도 친정집에 가고 싶다
미나리강회 옆에 시고 매운 윤집
시집 밥상에 올린다

두텁떡

남산 길 중턱에 두텁바위 비석 있다
안개 속 봉우리 첩첩산중 계곡에
한 수저씩 쪄 낸 찹쌀떡
누런 들판에 유자 향이 풍년이다

한상궁님 만드신 귀한 궁중 봉우리떡
내 약혼식에 선 보이니 처음 본 궁중떡
시집 노할머니 봉긋한 모양이 앞뒤 없다고 전차떡
구수하고 향기로운 오래된 잘 쉬지 않는 떡

찹쌀가루에 간장 설탕 넣고, 거피팥 고물에 간장 계피 넣어 볶고,
팥고물에 유자청 밤 대추 잣 넣은 소,
시루에 앉혀진 계곡의 온화한 마을
두툼한 후병 합병 두텁떡이 되다

젊음 겉절이

풋풋한 얼갈이 양푼에 무친 겉절이
침을 삼킨다
세상살이 서툴지만 고추 마늘 뜨거움
젊은 혼이 불 붙어 빨간 손길 아래 춤추고
노래하는 젊음 싱싱한 회오리바람

우리들 한벌판에서 무슨 이야기라도 나누며
양푼에 겉절이 비빔밥 함께 먹자

꽃게장

꽃그이
낮에는 모래 뻘에 숨고 달빛 밤이면
먹이를 낚아채는 그 솜씨
딱딱한 탱크 안의 전투적 삶
유월 어느날 생포된 둥근 배꼽의 암게는 알과 장이 많아
간장 물에 잠겨졌다
생률 생강 마늘 곱게 채 썰어 얹어
얌전히 어른 밥상에 올린 간장게장
게딱지 옴팡한 곳에 따끈한 밥 고소한 장맛 입에 감긴다
아홉 마리 남았지! 자시는 데 욕심 많던 어르신
우리 입은 입이 아닌가
장물을 다시 부을 때 물과 소금을 합하여 끓여
꼭 식혀서 부어야 한다

병어

점심에 병어 단간장 조림
간장 물 설탕 술 약간 넣고 가무스름 윤기 나게 조려
밥반찬으로 먹으니 참 달착지근 고소하다

참 이상하다 그날
둘레길 산속에서 나뭇잎 하나 주어 드니
하늘에 오르려는 맑게 빛나는 산속 병어
은빛 반짝이는 정약전 선생이 생각난다
유배된 바다 마을 흑산도(黑山島)에서 쓰신 자산어보(玆山漁譜)*
흑(黑) 자가 어둡고 무서워 현산(玆山)이라 부르시고
병어는 머리가 작고 목덜미가 움츠러들고
창백하여 단맛이 난다 하셨다
선생의 자화상을 그리셨나 보다
속 다 버리고 말 없이 기도하시던 분
입도 작아지고 밸도 없는 바다병어 되시다

시끄러운 세상
바르게 헤엄치는 바닷물 속 병어가
요즘 더욱 은빛 광채로 빛나는 때다

* 1814년 정약전이 쓴 어류(魚類)학서. 현산어보라고도 한다.

게감정

모래 뻘 거품을 물고 가로가로 하이얀 달밤을 걸어가다
해 돋는 새벽 되어 잔잔한 파도 아름다운 은빛 금빛 출렁임에
검은 꽃게가 어질어질 오늘을 시작하다
수산시장에 잡혀 온 바다 친구들 저마다
장바구니에 담겨 도마 위에 오른 운명의 헌신
그는 용케도 게감정이라는 궁중음식 지위를 갖게 되었다

꽃게 다듬어지고 살도 내장도 다 내어서 두부 숙주 다진고기와
친구 되어 게딱지에 도로 들어 꽃게전 되어
바글바글 끓는 꽃게고추장찌개에 들다

고소하고 부드럽고 얌전한 게감정으로 밥상에
빨간 옷으로 갈아입고 매콤하게 반짝반짝 오른다
이 세상 처음 먹어 보는 맛이라는 찬사에 슬프지만

감사했다

가슴속에 종소리가 하늘로 날아간다

먹을 만한 붕어찜

민물고기 붕어, 부어, 즉어
동의보감엔 가장 먹을 만한 생선이라 극찬하고
붕어는 토(土)에 속하여 비위를 고르게 하며
고주리서 안 찬물 찜 중에 붕이찜이 가장 많이
기록되어 있다

옛날 붕어찜
큰 붕어 비늘 긁어 가르고 내장 없이
어만두 소 넣고 좋은 식초 넣고
입속에 백반 조각 넣고 녹말 씌워서
실로 동여매어 노구에 물 적게 넣고
유장에 끓여 가루와 달걀을 푼다

오늘 붕어찜은 시래기를 넉넉히 깔고 붕어 넣고
고춧가루 매운 양념장 넣어 뼈까지 무르고
비린내 안 나게 바특이 조려 냈다

먹는 것은 시간 안에 흐르는 사람

붕어의 입질에 홀려 흙바람 가슴속 물결에
밤샘을 한
해 지는 강가에서 토끼풀과 한없이 있던
옛날 사람과 오늘 사람 그 자리에 있다

새우젓

잘 삭은 새우젓
백하젓 자하젓 곤쟁이젓 오젓 육젓 추젓
통통한 백하젓 머리 꼬리 떼고 종지에 담아 내면
짭짤한 감칠맛 고소하게 돌아
입맛 없는 여름날 어르신 반상에 올리면
찬물에 밥 말아 달게 자신다
젓국찌개 호박볶음 달걀찜 참기름 한 방울 더하면
맛내기 비법 된다

토굴에서 삭힌 새우젓
지게 위 새우젓 독 지고 다니며
"새우젓 사아려" 구성진 소리 세월
요즘엔 수상한 새우젓이 김치에 들어 입맛을 삐뚤이고
새우젓 독이 집 안에 들어 우산꽂이 되었다
절이 망하려면 새우젓 장사가 들어온다 했는데

조개젓

강경 젓갈시장 골목
쪼그리고 앉아 먼 시간 보며 눈을 감고 있다
고요 속 소리는 멀고 들릴 듯 멀어질 듯 사라지지 않고
외로움 속에 혼자 집 지킬 때
창틈 햇빛 먼지 소리처럼 뽀얗게 들린다
큰 저잣거리 흥청이던 백 년 전
끓는 소금 바람 짭짤하구
협동조합 소금꾼들 돈 구르는 바람 속에
먼 웃음소리 골목으로 졸졸 시원하게 흐른다

끝없이 긴 시간 어둠 속 토굴에서 노르스름 곰삭은
조개젓에 식초 다진 풋고추 깨소금 고춧가루로 맛낸 조개젓무침
뜨거운 쌀밥에 한 점
감칠맛 옹달샘 침이 자꾸 솟는다

명태의 변신

광 속엔 팥 수수 고추 마늘 무 배추 고구마
북어쾌가 하얀 눈 밝힌 광
어머니 삐꺽 광문 소리 열리면 온 집안이 귀를 연다

명천의 태씨가 제일 먼저 잡아 명태
덕장 추운 바람 속 북어, 황태, 더덕북어로 말려지고
젯상엔 포북어, 고사 땐 무명실 타래에 묶이고
얼추 말리면 코다리, 작은 말린북어는 노가리,
속풀이 북엇국, 구수한 북어찜, 바삭 구워 술안주,
무쳐 볶은 밑반찬, 매콤짭짤한 북어장아찌, 얌전한 삼색 북어보푸라기,
얼큰하고 맵고 뜨거운 생태찌개 동태찌개 어! 시원하다

명함을 받았다

명태 요리보다 변신의 직함이 더 많다

썩어도 준치

얼마나 맛나면 진어(眞魚)라 했나 진짜 생선
수고로움 없이는 먹을 수 없는
자디잔 가시 너무 많아, 쪄서 체에 걸러 살만 발라
진주알 커 가듯 녹말에 굴려 찐 굴림 만두
고소하고 보드럽고 매끄러운 보석알

바닷속 진어의 친구들 인간들 맛있다 친구 잡아 가니
먹는 이 힘들게 하겠다며 우정 보인다
자신들 가시 하나씩 박아 주니 너무 따가워 도망가는 진어
꼬리 쪽 가시 더 많다
육지 바다 하늘 만물의 먹고 먹히는 삶의 터
잘난 삶은 더 고단하다

준치 새

준치가 새 되어 날고 있다
바다에서 하늘로 날려 한다
고상하고 단아한 빛나는 준치
온몸에 잔가시로 몸을 사린다
해부학을 펼치니 투명한 쌍쌍의 뼈
눈썰미 좋은 그녀 조각조각 모아
날개 단 준치 새로 다시 태어났다

그녀는 늘 날고 싶었다
행주치마에 슬프더니
앵두 물고 하늘로 날으는 새가 되길
실오라기에 잡혀 담을 넘지 못하는 새
날고 싶다
오늘은 눈부신 초록 단옷날
처마 밑 바람에 양기가 펄럭인다

근대된장국

충남 덕산 시장 할매 쪼그려 앉아
근대 사유!
장항선 석탄 열차의 빽빽이던 기적 소리 같다
냄비에 뜨물 붓고 마른새우 토장 넣고
고추장 약간 풀고 넉넉히 근대 숭숭 썰어 넣고
폭폭 끓인다
냄비뚜껑 댕강댕강 흰 연기를 날리며 피난열차
달린다

자동차 본네트 위에서 달걀 프라이도 되는
열대 사우디 꿀루시장에서
아줌마 근대 사! 한국말!
터번 쓴 검은 아라비안 소리쳐 날 불렀다
집 앞 아스팔트 현장에서 진종일 타다다다
뜨거워 숨도 쉬기 어려워 눈만 빠끔히 내 놓고
일하는 멀리서 온 한국의 남정네들
해가 지면 그들은 한 트럭에 타고 막사로 간다

그날의 근대국은 뜨겁게 눈물로 끓었다

청국장

민둥산에 짚풀 속 옴팡한 마을
매캐한 저녁 연기 속 시골 초가집
할머니 냄새가 피어오른다
쭉정이 없는 좋은 누란콩 푹 삶아서
소쿠리에 담아 한 줌 볏짚 넣고
설설 끓는 아랫목에 사흘쯤 넣어 두면
살아 있는 작은 생명들이 콤콤한 냄새 피우며
누에고치 실 뽑듯 끈적끈적 반짝반짝 비단실
풀어낸다

뚝배기에 송송 썬 김치 두부 넣고
옛날 청국장 찌개 바글바글 끓인다
작은 아인 코 막으며 그 냄새 고약하다며
머리 아파했는데 지금은 그의 자식이
청국장에 밥 비벼 먹고 유치원에 가겠단다
빵을 먹으면 속이 뜨겁단다
분명 한국의 내 자식!

염소탕 시래기

무청 말리면 시래기 배추 겉잎 말리면 우거지
점심에 시래기지지미하고 밥 먹었다
시골 골방의 거적에서 나는 냄새를 풍기며 무르게 삶아진 무청에
된장 파 마늘 양념해서 굵은 멸치 넣고 들기름에 볶아
물 부어 푹 지져 내면 씹을수록 고기맛도 난다
어머니 옷에서 나던 찬 부엌 냄새도 난다

배고파 먹던 시래기가 요즘엔 수프라는 국물로
아낙들이 남편 보양식이라며 얼려 얼려 무청 가지고
염소탕 집 건강원으로 가더라

육개장

여름 불기운 양기에 가을의 서늘한 음기운이
세 번 엎드려야 더위가 간다
삼복날, 개울가 복달임 서민들 놀이하고
양반님들 모시 두루마기 격에 맞게 대청마루 교자상에
육개장 팥죽 참외 수박
한여름 잘 나야 일 년 내 질병 없다
개장국은 개장국이로되 개고기 없는 양반 개장국
기운 돋는 쇠고기와 뜨거운 성질 대파 고추
매콤한 빨간 국 여름이 불탄다
이열치열(以熱治熱) 뜨거움을 뜨거움으로 치료하라
오장의 뜨거움 진액으로 온몸을 축이니
가을비 맞은 서늘함이다
어제는 문상 가서 속풀이 육개장 두 그릇
피할 수 없는 죽음의 슬픔에 평안함을 준다

3부
아버지 딸기

딸기코 아버지

기와집 양조장집으로 시집가니
고두밥 짓느라 하얀 김이 하늘 구름으로 무럭무럭 나고
앞마당 멍석 위 고두밥 식히는데 아이들 참새들 바쁘기만 하다
어둡고 눅눅하고 서늘한 푹 꺼진 술광엔 아주 큰 독 줄지어
서로 취하여 꼬르륵꼭 뽀글뽀글 깊은 동굴 속 정적 안에
울림소리로 술이 익고 있었다

술 좋아하시고 맘 좋고 핸섬하신 친정아버지
딸 보러 사돈집에 오셔 거나하게 취하셨다
아버지를 좋아하던 나 어릴 때 주전자 들고
양조장에 술 심부름하고 집에선 설탕가루 넣고 달콤하고 새콤한
술지게미 먹으니 기분이 좋았다
아버지 딸 나는 반주를 하면 밥맛이 난다

내 사랑 아버진 딸기코다

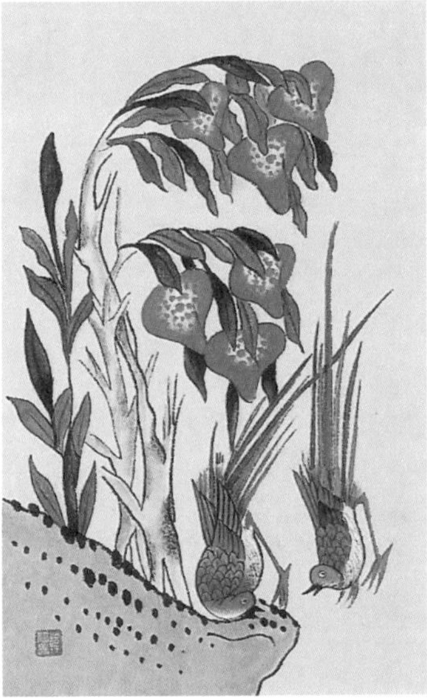

게국지

새벽 산 부모님 묘소에 절하고
우리들 묻힐 자리 보고 내려오는데
산수유 냉이 달래 얼려 얼려 솟고 있는
다시 돌아온 봄날인데 하늘이 낮고 답답히다
새소리도 들리지 않는다

콤콤한 호박게국지*를 지져 먹는다
능쟁이**에 간장 부어 단단한 껍질 호물호물
삭은 삼 년 된 게젓국과
지스러기 김장김치, 대청에 쌓아 둔 늙은호박
두툼하게 썰어
고춧가루에 버무려 삭힌 충청도 나의 고향 음식
뜨거운 밥과 먹는 묵은 맛
흙 속에 조상님이 계시다

* 충남 향토 음식으로 꽃게탕의 일종.
** 갯벌에 사는 조그만 칠게.

추수와 자식

요즘 자식들이 자식을 낳았다는 소식을 들으면
인간이 인간을 낳아 키워서 또 자식을 낳는다는 평범한 진리가
신비하면서 무서운 생각이 든다

가을바람 뙤약볕에 익어 가는 벼 고개가 아프다
그가 날 점지하여 물 주고 밥 주셔 키우시고
다듬고 가꾸셔 깨알 볍씨가 황금벼 되어
오려 쌀로 햇반도 짓고 송편도 빚어 추석 명절 조상께 감사하고
먹이를 곳간에 쌓아 두니 충만함에 배부르다

조카딸이 타국에서 카톡 사진을 보내왔다
바람 부는 추운 날 버스를 기다리며 정류장 의자에 앉아
아기를 들쳐 씌우고 젖을 먹이고 있다
사람을 키우고 있다

주방문(酒房門)

아버지
뜨거운 진지 놋주발 뚜껑에 약주 따끈히 데워
진지 드시기 전 한잔 술 반주하셨다

1600년경 주방문에
급시주(急時酒)는 누룩에 백설기와 정화수를 넣어 삼 일 만에 쓰라
무국주(無麴酒)는 멥쌀죽에 콩가루 밀가루를 넣어 술을 빚고
삼해주(三亥酒)는 정월 첫 돼지날 멥쌀 누룩으로 술 빚고
둘째 셋째 돼지날에 다시 밑술 부어 익거든 쓰라
쉰 술 고치는 법은 석회가루를 떡같이 만들어
불에 구워 빨갛게 달아오르면 술독에 넣으라

잔치 제사 때 술이 빠지면 무슨 예가 있고 흥이 있을까
눈이 소복이 쌓이는 세밑에 어머니 술독에 술이

익어 간다

술술 술에 취한다

시(詩) 속에 총명탕(聰明湯)

잘 잊어버리는 것을 치료하며
오래 복용하면 하루에 천 마디 말을 외울 수 있다는 총명탕
지금은 깜깜한 새벽 가장 추운 절기 소한
창문 밖엔 매섭게 눈보라가 뿌옇게 날린다
내일을 모르는 혼돈의 머릿속
총명탕이 돌냄비에서 솔바람을 내며 끓고 있다
백복신 원지 석창포가 심장을 안녕 편하게 해 주고
시원한 성질과 향기가 좋은 시(詩)로 들어왔다

설렁탕

뜨거운 설렁탕, 눈꽃탕
가마솥에 사골 도가니 양 용솟음치듯 끓고 있다
눈꽃 녹은 듯 뽀얀 국물 부드러운 맛
오랜 고음의 충직으로
내 혼이 뜨거운 장작불에 휘감기며 훨훨
천상에 살신 혼 떠돌고 있다
봄날 임금님 친경 때 장대비 속에서 먹던 그 곰국
정조의 수원성 원행 초조반상에 올려진 고음(膏飮)
땀 줄줄 흘리며 보신하고 아픈 무릎에 좋은
조상의 힘

갈비찜

동지섣달 그믐날 밤 증조할아버지 사랑방
연탄불 아궁이에 걸린 솥단지에서
밤새도록 끓는 구수한 갈비찜
내일 설날 차례상에 올릴 것 담아 두시고
한밤중 눈썹 하얗게 될까 못 자는 손주들에게
삼삼하고 호물호물 갈비찜 아낌없이 퍼 담아 먹이신다
웃음 물결 온 집안 시끌벅적 뿌리에서 피워 올린
할머니 사랑 호호 불며 맛있다
그날 밤 밖에는 맹추위 눈이 펑펑 내렸다
아이들은 꽃처럼 피어나서 이제 어른이 되었다
새해가 오면 뚱뚱 뒤뚱 친할머니가 갈비찜을 들고 오신다

제호탕(醍醐湯)

한여름 목마름 갈증에 탄다
내의원 약탕기 마마 대신들 챙기랴
단오절 하사품 제호탕 끓이며 줄줄 땀난다
적막한 궁중 안 솔 그늘에
새콤한 오매 향 쏴한 사인 향
냉랭한 시원한 바람 기운 든다

백비탕

빨갛게 달구어진 구공탄불 위
양은 솥단지 물이 용솟음치듯 부글부글 백번 끓다가
자글자글 자은 방울 되어 고요히디
뽀얀 수증기는 조용히 화가 걷혀 학처럼 날고
잔잔한 무미의 물 식어 가는 무심의 백비탕

매일 속을 끓이며 식히며 비어진 나
오늘도 백비탕을 마신다
부처님의 백팔번뇌가 녹아 있다

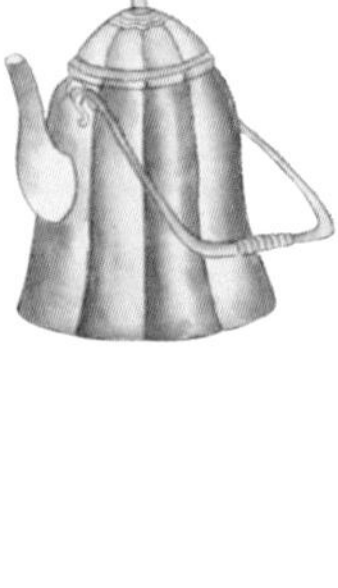

깨진 그릇

그녀가 시집을 갔다
그릇을 깨도 혼나지 않아서 좋았다
깨지는 것은 너와 나의 운명이다

그녀의 딸이 함 받는 날
현관 앞에 놓아 둔 큰 바가지
사위가 팍 소리 나게 깨고 들어왔다
운명의 악귀 다 물러가라고
깨는 것은 용기다

항아리에 물
금이 가서 도랑에 졸졸 흘러 고였다
가슴에 상처 고인 고름처럼 아프다
차라리 깨져 버렸으면 파도 되어 큰 바다로 갔을
텐데
금 가고 깨지는 인연은 필연이지만
다시 일어나 태어남은 나의 몫이다

야밤의 공부

기축년 1829년 이월 한밤중
나 낳고 육십갑자 두 번 뒤로 간 120년 전
캄캄한 밤 창경궁 자경전
효명세자가 임금님 순조께 올리는 아버지 아들 둘만의 잔치
음악 춤 음식 꽃 어우러진 자경전 야진찬
효명은 시를 사백 편 정도 썼다는 예술인

한밤 창덕궁 담 옆 공부방 진찬 의궤* 속
대전 진어찬안 세자궁 진어찬안 그날 밤 올려진 음식은
술 각색떡 다식 전약 금중탕 화양적 갑회 유자 석류이더라

멋부려 흘려 친 글씨 해독할 때면
시 속 숨겨진 감성 찾는 미로의 즐거움 같고
책 안에 궁중잔치 공부가 술이 되어
한밤 얼굴이 달구어진다

달빛 속 궁 안 소나무 올려 보며
늦은 공부하고 캄캄한 북촌 골목길 나온다

* 조선 후기 궁중에서 왕, 왕비, 왕대비 등에게 진찬한 내용을 기록한 고문서.

손주 사과

외할아버지가
세 살 손주에게 배웠다
사과는 껍질째 먹어야 영양에 좋대요
아이쿠 유치원에서 높은 공부도 시켰네
그 후 할아버지 껍질째 자신다
마누라는 벌써부터 껍질째 먹었는데
할아버지 한밤 고구마 쪄 달라신다
손주가 영상 통화로 찐 고구마
맛있게 먹는 모습 보였더니
손주 사랑
무조건 따라하기
첫사랑을 다시 하는 할아버지

포도 자식

언덕 뜨거운 과수원 포도밭
주렁주렁 보라 포도
여름내 일밥 대느라 고생하셨던 어머니
영근 포도 추수에 감사드리고
일등품 이등품 삼등품 각색의 자식들
기쁨과 아픔으로 나누어 멀리 팔려 보내고
버려진 쭉정이는 항아리에 넣는다

해질녘 나는 보았다
어머니는 씻지도 않은 다 터진 포도를 가득
광주리에 담아 혼자서 까만 입이 되도록 잡수셨다
포도에 취한 어머니 평생 지치신 어머니
누군가에게 크게 소리치신다
평생 과수원이나 해 쳐 먹다 죽으라고
자식들은 멀리서 항아리 속에서
어머니 속도 모른다

눈물의 삼겹살

그 아버지는 오늘도 수산시장에서
끌개를 끌며 하루 종일 질척이는 비릿한
시장통을 쳇바퀴 돌 듯한다
어두워 파장하면 언은 굴 조개
비닐봉투에 일 킬로 넘게 들고 오셨다
어머니는 매일 되풀이되는 이 찬거리뿐
국 찌개 전 온갖 반찬 물리도록 밥상을 차리셨다

그 아들 대학에 들어가 선배가 삼겹살을 사 줬다
세상 나서 처음 먹어 보는 이 고기가
너무 맛있어 눈물을 흘리며 먹었단다
왜 내 부모는 이 맛있는 것을 안 먹여 줬지 하면서

아버지 딸기

아버지
잘하지 못한 많은 것이
예쁜 딸기 보면 더 아픕니다
오늘 새벽 산 비가 오고 바위도 울고
새들의 울음소리 시끄러움으로 들립니다
불효의 부끄러움이 내 맘을 뒤섞어
뜨겁게 데운 딸기를 올립니다
아버지 많이 편찮으실 때 그 아픔 모르고
따스함이 무언지 친절함 없이
찬 딸기의 싫음을 못 읽었습니다
캄캄한 가슴속에 미안한 별
사랑하는 아버지

젯날

전쟁통 어머니가 우릴 끼고 우마차를 따라가던
평택 고속도로 표지판 위 봄이 오는 들판
날아다니는 영혼들 새떼 되어
하늘을 덮고 날고 있다

어서 오세요
한밤에 현관문 열고 촛불 켜고 향을 피운다
아버지 어머니 손잡고 일 년에 네 번
하얀 김 메 위에 새의 발자국을 남기시고
영혼의 새가 되어 날아오셨다
좌반우갱 어동육서 법도 따져 정성껏 차린 제상
딸기를 따뜻하게 데워 드리지 못한 딸기코 아버지께
무심의 용서를 빌며 좋아하시던 약주 올리고
고기적과 각색전 안주 올리고
두부를 싫어하신 어머니껜 마른육포에 시저 얹는다
두 분 기미만 하시고 아무 말씀 없으시다

갱물에 메 말아 무서움 안 타게 음복하니
살아 있는 밥알이 맑은 눈물로 일렁인다
촛불 꺼진 밤하늘 어둠으로 두 마리 새
언제가는 다시 만날 흙집으로 먼저 날아가셨다

대추

원서동 창덕궁 담 밑 궁중 음식연구원에
링거병을 매달고 애태우며 버티던 대추나무
죽었나 했더니 늦봄에 반짝이는 연한 연두잎 내더니
청정한 가을 하늘 따끈한 볕에 알록달록 잘 익어
아삭이며 비릿하고 달큰한 대추 주렁주렁 열렸다

열아홉 규수 시집가는 날
담 넘어 용감하게 뛰어 들어온 대추나무같이 단단한 총각
대청마루에 들어 엎드려 절한다
어머닌 대추로 족두리 틀어 폐백 음식 장만하시고
시어머닌 그 대추 치마폭에 던지시며
대추나무처럼 주렁주렁 아이 많이 낳으라신다

규수가 어미 되어 젖물 나는 대추알을 아프게 깨물리며
아이들은 무럭무럭 슈퍼대추가 된다

사람이 자식을 낳는다

신은 사람을 낳았다

마늘쫑

그가 분홍 보자기에
마늘쫑을 무겁게 싸 주었다
그의 어머니가 푸석한 땅에 굽어지고
뜨거운 마늘밭에 숨이 차다
홀로 돌밭에 가을날 심어 둔 자식 마늘종자
쑥쑥 자라 오월에 쭉 뻗은 마늘쫑 뽑아
된장 고추장에 박고 무쳐 짭짤한 찬거리로 해 두시고
자꾸 벌어지는 오형다리로 마늘자식 모질게 키우신다

그날 밤 나는 그의 어머니 마늘쫑에 새콤달콤 초간장을 부으며
자식의 응석인 조각바람이 어미 가슴에
무거운 큰바위로 던져지는 모성을 생각했다
세상의 자식들아 부모에게 울지 마라

복숭아나무

민화 속 복숭아나무
천상에 열매 맺어 해와 달 품고
넘실대는 물보라에 우뚝 서 있다
잡귀 막으려 대문에 걸쳐 두고
술이 쉬지 말라 저어 주는 복숭아 가지
제상에 올려서 안 되는
신기(神氣)의 불로장생 복숭아
여름 내 뜨거운 과수원 햇볕 받고
봉지 속 어머니 배 안에서 솜털 입은 아기로 자란 영물
침묵의 큰 씨엔 미로가 있다

봄기운을 가장 먼저 받아 피운 분홍 복숭아꽃
중학교 때 입학식하고 새 교실에 아침 일찍 내가 꽂은 복숭아꽃
내가 젤 좋아하는 꽃 지금도 활짝 분홍으로 그 교실에 피어 있다

내연의 MSG

나를 시렁에 감춰 두고 너는 산다
나와 함께 친하면 많은 이가 흉을 본다
나는 가만가만 남모르게 숨어서 내 맛을 보여 주며
네 덕에 너는 솜씨 좋다 칭찬받는다
실은 그네들도 절친인 나를 흠모하지만
무너지지 않으려는 맛의 도사들
아주 조금 잠깐의 거짓을 말하듯
나와 함께한 것을 부끄러워하며 나를 감춘다
어느 때부턴가 나는
함께하면 안 좋다는 풍문에 은근슬쩍
숨어 살게 된 내연이 되었다
휘휘 감치는 나의 매력의 실체는
바닷속 흐드러진 소금기 속 해초 맛
볕 아래 빨간 미세포를 흡입한 토마토 맛
자연의 자식이지만
나를 감추려는 음식인의 자존심 비법이라며
나를 밥상 위에 몰래 숨어들게 했다

4부
뜸 들이다

기미(氣味)

어떻게 이 나이에 이 많은 시를 외우실 수 있습니까
젊은 날에 공부를 해 두었더니 머리컴퓨터에 입력이 되고
건강함도 부모님의 기질을 받았지요
만물의 기(氣)는 생물 원초의 힘 저마다 조상 계시니 기미(氣味)가 다른 것
저마다 한평생 다른 일을 할 수 있는 것

세상의 영물 먹거리
저마다 산고감신함(酸苦甘辛鹹) 다른 맛을 가져
그대는 달콤해서 사랑스럽고 당신은 셔서 좀은 비특이
그이는 매워 무섭고 그는 짜서 자린고비다
열온평량한(熱溫平凉寒) 다른 기질을 가진 것도 사람과 같다
뜨거워서 화끈하고 따뜻해서 포근하고
평하여 무난하고 서늘한 사람 냉기 돈다

사람과 먹거리는 기미를 갖고 인연을 맺으니
저마다 짝을 잘 만나면 평생 건강풍년이다

부푼 달걀찜

생명을 품고 생명을 낳는 부활의 달걀
고대 무덤 주검엔 달걀이 있다
밥상이 초라하다 효자는 닭알 자음윤조(滋陰潤燥)
삶은달걀 부친달걀 달걀찜
거품기로 잘 저은 달걀 뚝배기에 담아 약한 불에 올려
부풀은 달걀찜 되면 푹 꺼질까 조바심 난다
음식을 만들어 밥상을 차려 본 분들은 아실 거다
왜 밥 빨리 드시라 재촉하는가
맛있는 맛은 빨리 사라진다
맛있게 드시는 것이 최고의 칭찬이다

남기는 음식

먹을 것이 넘쳐난다
내 손으로 키우지 않고 만들지 않아 돈 주고 쉽게 사서
음식 귀한지 몰라 쓰레기통엔 버려진 음식이 산더미
버린 만큼 다음 세상에서 굶을 것이다
이제 겨우 제 손으로 밥 먹는 손주
유치원에서 잔반 도우미를 한단다
곳곳에 굶고 아픈 어린이들
빌 게이츠가 큰 정수기를 발명하여 그곳에 깨끗한 물을 준단다
실천하는 성인이다

남기지 않고 먹는 것조차 잘 못하는
부끄러움

뜸 들이다

일어나니 푹 쩌진 몸뚱이
고단에 젖은 솜이불 되었나
철들어 가는 부엌 무게만큼
더 무겁다

세상에 태어나서
뜸 들어 폭신한 너그러운 떡 되시고
뜸 잘 든 윤기 나는 사랑받는 밥 되시고
푹 뜸 들은 묵은나물처럼 간간한 밥 친구 되소서

어둡고 무거운 더듬고 가는 안개 속 세상
맛있게 살려고 뜸 들여 가지만
다 익지도 못하고 우리 설컹히 가는구나

매운맛

도니제티의 오페라
사랑의 묘약 '남몰래 흐르는 눈물'
감동적 사랑의 아픔에 고통을 부른다
청양고추 캡사이신을 먹은 듯 입술 언저리가
따끔이고
입속이 얼얼 머릿속 땀 내며 얼굴이 벌게지도록
절규하며 감동적으로 아이다를 부른다

사랑의 아픔과 고통
매운맛이 또 먹고 싶다
죽음 같은 더 쓰린 사랑의 절정을 갈구하듯
닭날개튀김이 맵고 맛있다

접시 대접

손님
대청마루에 오르시고
다과상에 올려진 주악 약과 수정과
한 점 남은 음식 먹을까 말까
문구멍으로 아이들 눈이 보인다
한 쪽 남기길 기대하는 가난한 살림 아이들
손님은 아이들의 마음을 먼저 읽고 남겨야 하는 것
접시 대접
은근한 배려 어른 노릇이다

화양적(華陽炙)

이보다 화려한 이름이 있을까
태양의 극치 양(陽)이 꽃피다
우주가 담긴 오색 산적 잔치 음식
도라지 고기 오이를 갸름하게 썰어 양념하고 익혀
꼬치에 꽂아 접시에 높이 올려지던 궁중음식
아득한 옛날 꿀벌 나비 꽃들의 기쁨이 하늘을
난다

화양적을 바라보며 삶이 무어냐고 한다면
어느 곳 어느 누구 다 한 세상 태양 안
낙산사 해돋이 금빛이 모든 이에 찬란하다

칠월칠석 공양

은하수의 오작교 까마귀 까치 다리
뜨거운 날 태풍 되어 더욱 흔들렸다
견우 직녀 칠월칠석 일 년에 한 번
보고 싶은 만남의 뜨거운 눈물이
비 되어 쏟고 있다

진관사에 칠월칠석 공양
밀국수와 호박밀적 제를 지낸 참외가 달다
사나움이 없는 절밥
생선 고기 파 마늘 없는 채소 반찬들
맑고 무심한 중생 되라 하신다

깊이 흐르는 어둠 숲 속에
새들도 이별 슬픔에 조용하고
밤하늘 미리내는 하얀 모시 다리 되어
방울방울 눈물로 반짝인다

유월 유두 밀적

무더위가 냇가에 물 씻기 하고
밀가루로 만든 옥구슬 허리춤에 차고
부정(不淨)을 떠나보냈다
유월 보름 유두절
밤하늘에 손톱만 한 조각달이
짙푸른 하얀 구름 먹으며
햇밀로 부친 둥근 밀적 보름달 되어
바람 숭숭이는 싸리채반 위에 떴다
그날 밤
높이 뜬 차가운 환한 달이
솔 향기 먹은 청안한 하얀 서리 되어
하늘 가까운 내 방에 조용히 내렸다
내 몸 달빛에 잠겨 깨끗한 선비 되어
시 한 편 쓰다

생란

오늘이 기일인 친정어머니 나의 스승
삼우제처럼 눈부시게 하얀 눈을 맞으며 추운 오늘밤 오신다
뜨거운 생강차로 몸을 덥혀 드리고 좋아하시던 생란을 올린다

서리 오기 전 댓잎 같은 뿌리줄기에 황토흙 묻은 새앙
내 손을 잡고 생란을 만드시던 어머니
나무도마밥이 나오도록 매우 곱게 다져서 물에 헹궈 다진생강 모아 두고
노란 생강물 질밥통에 부어 두면 신기한 생강 녹말 가라앉는다
어머닌 생강물에 물들인 노르스름 모시적삼 입으셨다
다진생강 꿀 설탕 생강녹말 넣고 윤기 나게 쫀득이 볶아
한소끔 식힌 말랑한 생강엿으로 삼각뿔 짝다리

생강 빚어

잣소금 곱게 무치셨다

어머니는 생란처럼 달콤하고 매콤하고 얌전하셨다

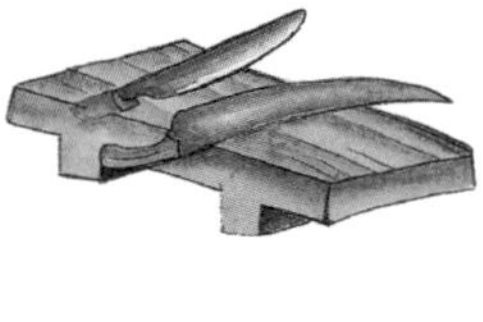

쇠머리떡

찹쌀은 가루 해서 삶은 검은콩, 팥 넉넉히 넣고
밤 대추 곶감 황설탕 버물버물 섞어 쪄 낸
투명하고 달달한 쇠머리 콩찰떡
네모틀에 굳혀 편편히 써니 켜켜 줄무늬 쇠머리 편육 같고
땅속에 꿀과 종자 벌레들 태고의 석탄층에 묻힌
삶의 본질을 쪄 먹는 것 같다
내가 오늘도 쇠머리떡을 찌는 이유는
내가 떡 속에 죽어 있는 것을 볼 수 있기 때문이다
태고의 캄캄한 곳에 나는 있었고 있을 것이다

검은 깨고물

검은깨 검은석이버섯 흑미 검은콩
오행 중 수(水)에 검정색, 뼈, 신장이 속하니
머리를 검게 뼈를 튼튼하게 한다는 건강식품이다

시골에 내려와 사는 참 친구의 흑임자 인절미는
정이 솔솔 내리는 고소한 깨고물이 있고
흙맛의 굳고 깊은 마음이 들고 말랑이 늘어지는
베풂의 여유가 있다
그녀의 닳아지는 손톱에 고개 숙인다

밭고랑

저 멀리 땡볕 아래 밭을 품고 허리가 굽어
아낙이 땅자식을 돌보고 있다
아마추어 농부 밭고랑 일군답시고
가랑이에 낀 아이디어 의자 궁둥이에 매달고
한두 고랑 무수히 박힌 돌
부끄러운 엄살과 호미로 파 본다
해 저물어 저 멀리 곱슬 아낙
머리에 함지 이고 벌어진 두 다리로 바삐 간다
또 저녁밥 지으러

음식 뒷걸음

맛있는 음식
황토장마의 개울물처럼 넘치고 넘친다
오늘이고 싶다
맥족 고조선인 되어 천지의 영물들
깨끗한 하늘 아래 선악과를 뚝뚝 따고
숲 그늘 맑고 시린 냇물가에서
고기 잡고 사냥하여 꼬챙이에 꿰고 돌판에 굽고
빗살무늬토기 청동기에 찌고 삶아
양념도 모양도 없이 그냥 무(無) 단순으로 먹고
싶다

빠르게 덤비는 짐승 같은 시간 속 방황하는 사람들
급한 밥 먹으려 길에 가득하다
나는 뒷걸음치며 집에 와 항아리 된장 떠서
밥을 지으며 초가집 굴뚝 연기 속에서
식구를 기다린다

수저의 통과의례

평생 밥 잘 먹는 복 누리라고
첫돌 아가 은수저 복밥을 떠 먹이고
어르신의 수저는 수복강녕(壽福康寧)
수놓은 수젓집에 예의롭게 계시고
임금님 수라상엔 두 벌의 수저가 놓인다
어머니께선 전쟁통에 숟가락 하나면 굶어 죽지 않는다 하셨다

평생 무겁게 바쁘게 힘들게 밥 먹어
풀매질해 얻은 붉은 피와 서걱이는 땀은
수저의 덕분이다
어느 날 낙엽처럼 파시시 되어 저승사자 바람 불어 떨어지면
제상에 삽시 되고 살아 있는 자손은 찬물 속 조상의 흰 밥알
수저로 먹는다

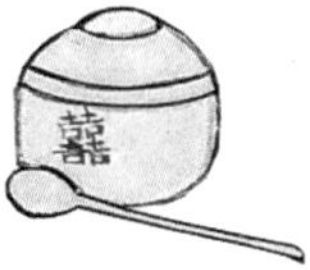

구절판이 낙엽 되며

어둠이 내린 가을밤 산책길
구절판처럼 아름다운 집집의 아파트 창문이
제각각 빛나며 도란도란 식구들의 오가는 모습
스크린 속 행복한 영화 같다

아홉 칸 집 구절판 칸칸에 오색 우주
가운데 얇고 둥근 전병 팔방의 집엔 검은색 석이, 표고, 쇠고기채볶음, 하양 노랑 지단채, 파랑 오이, 붉은 당근채볶음
중심의 대지에 아롱다롱 인생을 싼다

별안간 후두둑 가을비 내리며 구절판이 엎어진 것처럼
우수수 오색 낙엽이 떨궈지고
빗방울이 가로등 불에 혼불처럼 반짝인다

마마 상추쌈

상추는 귀하여 천금채
젖먹이는 아낙이 먹고 젖을 주면
아기가 푸른 변과 설사를 한다 하여
강에 버리라 하여 투강초, 강 넘어 심으라 월강초
단오절 새벽 상추에 이슬로 화장하고 밥도 싸서 먹고
쓰개치마도 쓰고, 보자기로 온갖 것 싸서 사는 우리
초가집에 옴팡이 사는 것처럼 포근하고 정겹다

궁중 마마 상추쌈 차림
고슬한 흰밥, 소쿠리에 담긴 연한상추 실파 쑥갓,
고추장에 지진 병어감정,
쇠고기볶음장똑똑이,
보리새우볶음,
절미된장조치 빨간 원반에 차리셨다
상추쌈은 뒤집어 싸 먹어야 체하지 않나니라
뜨거운 계지차 마셔 음양의 조화 맞추는 격식

있는 음식

무더운 날 홀로 점심
쌉쓰름한 상추, 향긋한 쑥갓, 보리밥에 날된장
눈 코 입 쩝쩝 혼자 맛있게 웃으며 먹다
늘어지게 낮잠이 쏟아진다
홀로 자유

식(食)의 속죄

삶은달걀 생명의 씨눈을 소금 찍어 먹는다
시골집 종이 박스에 알을 품다 떠나 버린 어미새
그대로 버려진 새알들을 내 가슴에 품어 날게 해야 한다

땡볕에 복분자, 블루베리 터지는 피는
땅속에 하늘에 바람 속에 진한 보라만 힘겹게 흡입했다
난 매일매일 땅에 엎드려 너의 뿌리를 다독여야 한다

온갖 영물을 무자비하게 먹으며 웃는 나
점점 웃을 일이 아님을 알게 되다

술술술

반짝이는 자루 모양 북두칠성 서쪽으로 돌아
덕산의 초가을 밤에 통기타와 와인이
또 다른 7080 시간의 흐름에 와 있어 취하다

주렁주렁 늘어진 풍년의 빨간 사과
뜨겁게 쏟아 낸 짜디짠 땀 맛 오이 토마토 풋고추
날된장에 찍어 안주한다
술에 취해 잠들면 아픈 줄도 모른다던 이규보
선생의 술맛처럼
내게도 술이 술술 흘러내리면
세상이 차마 수월한 듯 헛짚어 고개 들어 보이지만
들녘 고개 숙인 벼 이삭
찬 바람 따가운 가을볕에 더 익은 벼 되려고
생명의 본질 고개 숙여짐이 보인다

대보름

보름달은 어머니
집안이 환하고 맛있네
달빛 속 잣불 켜 대지의 풍요를 빌고
철없이 판 내 더위도 사시고
귀밝이술로 일 년 내 좋은 소리 듣게 하고
부럼으로 밤 호두 땅콩 잣 바삭 깨는 소리로 귀신 쫓고
이도 몸도 튼튼하게 해 주시는 어머니

어머니는 부엌 굴뚝에 핀 하늘로 오르는 하얀 달빛
까마귀는 질시루에 까맣고 달달한 보은의 약밥 기다리고
쌀 찹쌀 조 수수 팥 콩 섞은 오곡밥
소금물 솔솔 뿌려 쫀득 구수하게 무쇠솥에 울며 뜸 들고
어머닌 김쌈 취쌈 복을 싸 먹이신다

아홉 가지 묵은나물

말린고사리 취 도라지 호박오가리 피마자잎 가지 시래기나물

항아리 닮은 어머니 조선간장 맛 간간하고 구수하네

낡은 한 이불 속 우리 식구처럼
냄비 속에서 옆옆이 푹 뜸 들고 있네

큰 보름달 어머니의 빛이 오늘도 우리를 비추시네

많은 말을 함축하여…
글로 쓰여진 시 그리고 나

즐거움으로 가득찬 2년 전, 시 쓰기는 그랬다. 음식 공부에서 태어난 나의 글을 차마 시라기보다 음식 인문학의 요점 글이라 하자.

일하는 엄마인 황혜성 스승, 온전한 살림꾼 시어머니, 그리고 음식 공부에서 얻은 글과 생각. 눈 뜨면 맑고 밝은 기분으로 하루가 시작되는 기쁨의 감사였다.

음식시에 취미로 그린 민화를 얹으면 참으로 신기하게 잘 어울린다. 『밥 하는 여자』 1집에 이어 2집도 그의 연속이고 즐거움이다. 사물을 세세히 보는 습관, 많은 말을 함축하여 글로 쓰는 시는 나이듦의 마음을 진정하기에 좋다.

어느 새벽 어둠의 출근길에 자동차 미등을 달고 가

는 차들의 붉은 불빛이 시의 글귀로 엮어진다. 시인으로 가고 싶은 분명한 나를 보았다

시 공부를 이끌어주시는 시인 지연희 선생님, 민화를 지도해 주시는 화백 서공임 선생님, 출판을 도와주시는 에르디아 이진희 사장님 고맙습니다.

2015년 4월

海鼎 韓福善

시, 시간의 역사를 짓다

지연희 | 시인, 수필가

재작년 이즈음, 전통 궁중음식 연구가로서 명성이 자명한 한 사람이 시단(詩壇)에 발을 딛고 꾸준히 창작활동에 전념하더니 첫 시집 『밥 하는 여자』를 상재(上梓)했다. 시집은 문단뿐 아니라 음식을 연구하고 수용하는 사람들에게 큰 반향을 일으켰다. 나는 향기로운 모색의 출발점이기도 했던 첫걸음을 '자신을 다듬고 조율했던 음식문화의 정수를 시어로 버무리는 일이다. 마치 접시 위에 시를 올리는 경이로움'이라고 했었다.

지난 한 해 시간의 두께가 깊어지고 찾아온 2015년 봄, 한복선 시인이 음식문화의 역사를 아름다운 미각으로 버무려 시어로 그려낸 두 번째 시집 『조반은 드셨수』를 선보인다. 조선 왕조 궁중음식의 대가인 어머니 황혜성 스승과 짚어온 시간의 흔적들이 상당수 소개

되는 이 시집에는 따뜻한 그리움의 정서가 언어의 미학으로 묻어난다. 영국의 시인이자 비평가인 매슈 아널드(Matthew Arnold)는 "시는 인생의 비평이다"라고 했다. 시란 삶과 체험의 세계를 정서로 그려내는 일이라는 것이다.

우리 어머니는 아픈 아기에게
어미 입에 밥 잘근잘근 씹어 먹이시며
밥 먹어야 힘 난다며 평생 부엌에서 사셨다
어머니 돌아가시기 전에도
막내 아들 보며 "조반은 드셨나"
한낮인데 아침밥 걱정이다

「조반은 드셨수」 중에서

위에서 말한 바와 같이 음식을 도구(재료)로 버무려 시(詩)의 접시에 올리는 한복선 시인은 단순하게 음식을 직조하는 시가 아닌 질펀한 인생 여정이 징검다리처럼 접목되어 미각과 삶의 정서를 깨우는 시를 쓴다. 건조한 평면적 언어인가 싶어도 은유된 메시지는 가슴 한쪽 숨죽인 감각을 깨워 참다운 인간 본연의 아름다운 미(美)의 정수를 보여준다. 시의 본질을 규명하는 가치는 아름다움이라고 보면 한복선 시는 이미 그 시의 진정한 늪에 빠져 있다고 보아야겠다.

시 「조반은 드셨수」의 어머니는 밥 먹어야 힘 난다며 평생을 부엌에서 사셨다고 한다. 돌아가시기 전에도 막내 아들을 바라보고 "조반은 드셨나" 물으며 한낮임에도 아침밥을 걱정한다. 다 주고도 끝나지 않는 모성의 아름다움을 그려내는 이 시는 '사람을 살리는 어머니의 젖은 어디서 샘솟았나/뽀얀 물밥이 지금도 삼팔선을 흐르고 있다'는 시 「물밥」에서의 모성성과 맥을 잇는다. 가장 위대한 인간의 아름다움을 '사랑'으로 보여주는 어머니의 모습이다.

어제 끓여 둔 콩나물김칫국 뚝배기에 담고
밥 한 덩이 넣고 바글바글 끓인 죽
꿈속 전쟁 후 민둥산 붉은 산을 헤매고 먹었더니
몸이 삭아지며 헛땀이 난다
푹푹 끓여 흐드러진 양은냄비 시큼한 죽
전쟁 후 나무 없는 붉은 흙산
가난의 그늘이 끓고 있다

새벽에 큰 비 그치고 나니 창 너머 앞산 푸른 숲속에서
아카시아 향기 날리며 새들이 시끄럽게 바쁘다

무어라 하는지 철없이 좋은가 보다
붉은 벌거숭이산을 모르는 새들
헐벗던 조상 새들의 눈물 속에서 풍요롭다

「갱죽」 중에서

시 「물밥」과 「갱죽」의 배경은 60년 전 한국전쟁의 참화로 폐허가 된 산천에서 가난을 견디던 시절이다. '물밥'은 어머니의 젖이자 끼니로 챙기시던 죽 한 사발이다. 전쟁통에 죽 한 사발 끓여 먹은 어머니의 안 나오는 젖줄을 아기가 빨아대면 어머닌 밤마다 눈이 안 보이셨다고 한다. 극한의 가난을 죽으로 연명한 시대의 아픔이 역사의 흔적으로 조명되고 있는 두 편의 시는 한복선 시가 기존 틀에서 보다 폭넓게 조망한 시선의 쾌거라고 보아야 할 것이다.

시는 가장 추한 것도 아름답게 변형시키는 일이라고 한다. 이제 한복선 시인의 시는 대문 언저리에서 대로에 진입한 성년의 나무와 같다. 대문을 열고 세상 속에 나아가 자유롭게 세상을 조망하며 시야를 넓힌다. 궁중음식의 역사와 시대를 안고 있는 사람의 삶이 하나로 다듬어져 향기로운 조화를 이루길 기대한다. 파묻힌 조선 왕조 궁중음식 시간의 역사를 캐내는 대장정의 발자취가 그립다.

한복선의 음식 시집 2

조반은 드셨수

글·그림 | 한복선

편집 | 조유진 양한주　디자인 | 김지혜 김서영
영업관리 | 장기봉 이은아　마케팅 | 황기철 신다빈

인쇄 | HEP

초판 1쇄 | 2015년 4월 24일
초판 3쇄 | 2015년 6월 15일

발행인 | 이진희
발행처 | 에르디아

주소 | 서울시 강남구 언주로134길 11-5
전화번호 | 02-540-5192~5193(영업부)
02-544-5922, 5933, 5944(편집부)
02-544-5934(미술부)
FAX | 02-540-5194
등록번호 | 제 2011-000104
홈페이지 | www.leescom.com

ISBN 979-11-85971-02-5 03810
책값은 뒤표지에 있습니다.

* 에르디아는 'Ernst Dialog(진실한 대화)'의 약자로, 도서출판 리스컴의 인문·문학 분야 브랜드입니다.
진실을 담은 책, 마음을 살찌우는 책들로 독자 여러분께 더 가까이 가겠습니다.